나를 위한
오늘의 문장

나를 위한 오늘의 문장

초판 1쇄 발행 2019년 12월 16일

지은이 | 김세유
발행처 | 이너북
발행인 | 이선이

편집 | 박나래
마케팅 | 김집
디자인 | 이경란

등록 | 제 2004-000100호
주소 | 서울특별시 마포구 백범로 13 신촌르메이에르타운II 3층 305-2호(노고산동)
전화 | 02-323-9477
팩스 | 02-323-2074
E-mail | innerbook@naver.com
블로그 | http://blog.naver.com/innerbook
페이스북 | https://www.facebook.com/innerbook

ⓒ김세유, 2019
ISBN 979-11-88414-13-0 02810

나를 위한
오늘의 문장

지친 마음에도
영양제가 필요하다

김세유 지음

이너북
INNERBOOK

_____님이

하루를 의미 있게 살 수 있기를

주변 사람에게 에너지가 될 수 있기를

모든 고민을 웃으며 해결할 수 있기를 바라며

이 책을 드립니다.

문장으로 어루만지는 마음 테라피

피곤한 몸을 일으켜 출근하는 아침, 혹은 지친 하루의 끝에, 몸 뿐만 아니라 우리의 마음에도 영양제가 필요합니다. 그럴 때 책 속의 한 구절, 한 문장에서 하루를 버틸 힘을 얻기도 합니다.

책을 쓰면서, 일에 치이고 사람에 치여 딱딱하고 거칠어진 마음을 여유와 절제, 부드러움이 가득한 마음으로 바꾸는 다양한 방안들을 제시하고 싶었습니다.

이 책은 크게 네 부분으로 나뉘어 있습니다. '아침의 문장들'에는 하루를 시작하면서 읽으면 힘이 될 만한 비타민 같은 문장들을 담았습니다. '오후의 문장들'에는 괜찮은 어른이 되고 싶은 이들에게 도움이 될 만한 영양가 있는 조언들을 담았습니다. '저녁의 문장들'에는 오늘도 수고한 당신의 마음을 부드럽게 어루만져줄 이야기들을 담았습니다. '밤의 문장들'에는 사는 게 쉽지 않음에도 불구하고 오늘 하루 행복할 수 있는 이유들을 담았습니다.

아무쪼록 이 책 안에서 자신에게 필요한 '오늘의 문장'을 찾아내고 지친 마음을 재충전할 수 있기를 바랍니다. 오랫동안 고민해 온 문제에 대한 해결책을 찾거나 마음 가득 충전되는 에너지로 아픈 상처를 어루만질 수 있기를 바랍니다. 그래서 더 아름답고 소중한 인생을 만들어나가기를 바랍니다.

마지막으로 하나님의 섭리에 감사드리며 가족, 친지, 동료분들과 기쁨을 나누고 싶습니다.

2019년 10월

김세유

차례

마음에도
영양제가
필요하다

주문

아침에 일어나서 세 번만 외치자.

나는
모든 면에서
점점
좋아지고 있다.
-에밀 쿠에

과정

무언가를 이루기 위해 분주하게 움직이는 중에도
노력하는 과정에서 오는 기쁨을 간직하라.
그 과정에서 얻는 기쁨은
성취했을 때 얻는 기쁨보다 결코 작지 않다.

가치

모든 도형은
하나의 점과
하나의 선과
하나의 면이 모여서 이루어진다.

아무리 큰 산도
눈에 보이지도 않을 만큼 작은 흙과
바람이 불면 쓰러질 수도 있는
나무 한 그루가 모여서
이루어진다.

할 일

나에게 시간이 있는 것은
나를 더 가치 있게 만들기 위해
할 일이 많기 때문이다.

순환

인생에는 영원한 양지도,
영원한 음지도 없다.
낮과 밤이 순환하고
밀물과 썰물이 공존하듯
인생도 순환과 공존의 연속이다.

약과 독

약은 명命을 연장시키는 모든 것이고,
독은 명을 재촉하는 모든 것이다.

사람들은 자신의 뜻대로 되는 것이 약이고,
뜻대로 되지 않는 것은 독이라고 간주한다.
하지만 많은 경우에
약과 독은 동전의 양면과 같은 것이다.

여기서 유념해야 할 점은
약을 독으로 바꾸고 독을 약으로 바꾸는 것이
결국 자신에게 달려 있다는 것이다.

불

촛불은 바람이 오면 바로 꺼진다.
산불은 바람이 불기만을 기다려
더욱 맹렬히 타오를 준비를 한다.

나는
촛불 같은 사람인가.
산불 같은 사람인가.

대가

세상의 모든 일에는 대가를 지불해야 한다.
목표가 클수록 그만큼의 성취를 이루기 위해서는
희생과 헌신이 요구된다.
각오를 새롭게 다지고 시작하라.

기본

몇 년 전 TV 프로그램에서
오토바이 레이싱 1인자가 나와 인터뷰를 했다.
"다른 사람이 오토바이를 타고
신나게 달리기만 할 때
저는 4개월 동안 8자 돌기만 반복했습니다."

조건

기독교에서 부활을 하기 위해서는
먼저 죽음이 전제된다.

인생에서도 무언가 끝을 내기 위해서는
먼저 출발선에 서야 한다.

마음가짐

똑같은 상황일지라도
누군가는 감사하고
누군가는 불평하고 원망한다.
나는 어떤가?

체크

다이어리나 달력에 체크하자.
그날 하루 시간을 가치 있고 의미 있게 보냈는지를.
아주 잘 보냈으면 ☆, 그냥 잘 보냈으면 ○,
보통으로 보냈으면 △, 잘못 보냈으면 × 이런식으로.

나

조부모님, 외조부모님의 손주
부모님의 자녀

나

내 아이의 아빠(엄마)
내 아이의 자녀의 할아버지(할머니)

나는 조상과 후손을 연결하는
매개체다.

방해

꿈을 성취할 수 없는 때는
초조해하고 두려워할 때다.

꿈을 이루지 못하게 방해하는 사람은
다른 누구도 아닌
나 자신이다.

1초

2004년 아테네올림픽.
태권도 경기에서 우리나라 대표로 출전한
송명섭 선수가 이란 선수와의 준결승 경기에서
1초를 남겨두고 뒤로 물러서다가
경고를 받았다.
결국 그는 안타깝게 동메달에 그치고 말았다.

단 1초라도 결코 소홀히 여겨서는 안 된다.

그는 그 후 심기일전하여
2006년 카타르 도하 아시안게임에서
금메달을 땄다.

때

같은 바람이라도
여름에 불면 산들바람,
겨울에 불면 칼바람이다.

말과 행동에도
적절한 '때'가 있다.
인생은 타이밍이다.

100퍼센트 성공률

1. 지금 충분히 행복하다고 생각한다.
2. 노력하면 성공할 가능성이 높다고 믿는다.
3. 젊다.

경험

접시 10개를 설거지해본 사람은
100개의 접시를 보면 놀라겠지만
접시 200개를 설거지해본 사람에겐
No problem!!

'아'와 '어'

'아'와 '어'는 분명히 다르다.
아이가 여러 사람이 있는 곳에서 뛰어다닐 경우
"야! 뛰지 마!"라고 말하는 것과
"지금부터는 천천히 걷자"라고 말하는 것이
분명히 다른 것처럼.

옥의 티

하수: 옥은 보지 못하고 티만 보고 괴로워한다.

중수: 티보다 옥을 보면서 감지덕지한다.

고수: 티가 사실은 '복점'이라는 것을 깨닫는다.

전념

삶의 중요한 기로에 서 있는가?
오늘부터 딱 1년만 변화와 절제의 삶을 살아보자.
슬럼프와 견디기 힘든 순간이 오거든 외쳐라.
딱 1년이다!

양쪽나팔

마음이 한쪽으로 치우쳐 있다고 해도
'양쪽나팔'을 모두 불어보고 판단하는 것이
편견, 선입견, 고정관념을 탈피하는 방법이다.
'시어머니 : 며느리', '보수 : 진보', '본가 : 처가'.
어느 한쪽이 항상 맞는 것이 아니고,
어느 상황에서는 한쪽이 맞는 경우가 있고, 또 다른
상황에서는 다른 쪽이 맞는 경우가 있는 것이다.
일단 양쪽나팔을 모두 불어보고 판단하면
수많은 오류를 피할 수 있다.

그물

불행이라는 놈은 항상 막다른 길목에서
그물을 촘촘히 짜놓고 기다린다.
우리가 걸려들기만을 바라며.

마음에 욕심이 가득하거나 거만해질 때
그물에 걸려들 확률이 높다.

마음을 비우고 욕심을 버리면
불행의 그물이 아무리 촘촘해도
무사히 통과할 수 있다.

스트레스=장난꾸러기

인생을 살면서 스트레스가 없을 수는 없으나,
충분히 관리할 수는 있다.
스트레스는 크고 작은 장난질로 '간'을 보면서
가만히 있는 사람을 자꾸 괴롭힌다.
이런 경우에 일일이 대응하면서
신경질적인 반응을 보이면,
장난꾸러기인 스트레스는 그 반응에 재미를 느끼며
더 엄청난 장난질로 다가온다.
장난꾸러기를 대하는 비법은 한 가지.
'개의치 않는 것(무관심)'이다.
제풀에 지쳐 그만둘 수 있게 말이다.

우선

세상을 바꾸고 싶다면 내 표정부터 바꾼 후에!

표정과 마음은 하나이고
마음과 행동도 하나다.

변화

변화의 가장 중요한 포인트는 '말투'다.
컴퓨터에서 작성한 문장을 프린터로 출력하면
그대로 나오듯이 마음속에 있는 생각이 말을 통해
그대로 표출되기 때문에 말투는 정말 중요하다.
그러므로 말투가 변해야
전체적인 변화를 실감할 수 있다.
누군가를 부를 때 '~님'이라고 불러보자.
이 습관은 생각보다 중요하다.

아참! 뒷담화의 대부분은 돌고 돌아서
결국 당사자에게 돌아온다는 것쯤은
감으로 알아야 한다.

만능키

집 열쇠, 차 열쇠, 사무실 열쇠, 사물함 열쇠.
열쇠 하나만으로 모두 열 수 있다면
삶이 얼마나 편리할까.
친구 관계, 선후배 관계, 부모 자식 관계,
스승 제자 관계, 동료 관계…….
그 속에서 얽히고설키는 수많은 문제를 푸는
만능키가 있다.
그것은 바로 '존중'이다.

가끔 해도 좋은 연습

1. 우리 집에 화재가 일어났을 때 대피하는 연습.
2. 다른 사람이 화냈을 때 웃는 연습.
3. 무언가 후회되는 행동을 했을 때
스스로 칭찬하는 연습.

(기 죽으면 될 일도 안 된다.)

자격

당신이 누군가의 부모라면 존경받기에
이미 충분한 자격이 있다.
당신이 누군가의 자녀라면 사랑받기에
이미 충분한 자격이 있다.
우리는 이미 그런 사람이다.

축복

하루쯤 지나는 모든 사람을 위해 복을 빌어주자.
거리에서 스치는 사람, 한 번쯤 말을 섞은 사람.
그 복은 결국 메아리가 되어 내게 돌아올 것이다.

스트레스는 '알바몬' 훈련으로 극복

1. 알아차림 - 상황보다 거기에 반응하는
자신의 인식이 문제다.

2. 바라보기 - 동전의 양면, '이만하길 다행'이라는
긍정의 관점으로 주시한다.

3. 몬스터 훈련 - 지나가는 감정은 내가 아니고
'몬스터'일 뿐이라고 자각하는 훈련.

해탈

무엇을 하든지 감사와 기쁜 마음을 상대와 나누라.
그 존중과 따뜻함이 당신의 하루를
향기롭게 할 것이다.

신문

신문을 읽을 때 밑줄을 그으며 정독을 해보자.
분명 인터넷 기사를 통해 얻는 지식과 비교가 안 되는
감동과 깨달음을 얻을 것이다.
물론 감동과 이해의 깊이도 놀랄 만하다.

출발

새롭게 출발하는 분들께
수비용 무기와 공격용 무기를
하나씩 선사하오니 반드시 착용하시길.
'겸손의 방패(수비용)'
어떤 스트레스의 창과 화살이 날아와도 막아줌.
'긍정의 레이저 안경(공격용)'
매사에 긍정의 눈빛을 쏴줌.

자세

세상에서 진실의 힘은 위대하다.
진실은 어느 경우에서든 본래의 모습을
드러내기 때문이다.
하지만 진실 못지않게 중요한 것이 바로 '자세'다.
아무리 진실을 말한다고 해도
자세나 태도가 불손하다면
그 진실의 색이 바랠 수 있다.
뭔가 변화의 돌파구를 모색한다면
먼저 자세부터 공손하고 예의 바르게 바꿔보기를.

연말연시 1

주변을 헤아리고 배려할 줄 아는
따뜻함 업데이트의 타이밍.

연말연시 2

한 해를 되돌아보면서 가장
감동스러운 사건을 베스트로 뽑아
다이어리에 정리해보자.

연말연시 3

내실을 다지고,
내면의 아름다움을 리필하는 시기.

새해 키워드

새해가 되면 자신에게 중요한 키워드를
몇 개 추려보자.
예-
선택, 수행, 존중, 시간 활용.

일터의 본질

교사의 일터는 학교다.
일터의 본질은 아이들의 행복이다.

어떠한 경우에도 교사는
아이들의 행복을 위해 일해야 한다.
한 아이가 천하보다 귀하다는 것을 알면
어떤 어려움도 이겨낼 수 있다.

나는 무엇을 위해 일하는지 생각해본다.

ZONE

학교 근처에는
스쿨 존school zone이라는 구역이 있다.
이 구역에서는 어떤 차종이든
시속 30킬로미터를 넘어선 안 된다.

나만의 특정한 구역을 정해,
항상 웃으면서 지나가는
스마일 존smile zone을 만들어보자.

초월

비가 오는 날에는 비행기를 타는 상상을 하자.

아무리 세차게 내리치는 빗줄기도
구름 위에서는 아래로 떨어지는 것이니.

미션

매년 연말연시에
무엇보다 가장 첫 번째여야 하는 것.

나를 나답게 가꾸고
다른 사람을 배려하는 것.

○○답게

아빠답게, 엄마답게, 선생답게…….
당당하고 다부진 삶을 부르는 주문.

돌림자

'경' 돌림자 형제
형제의 이름은 경험과 경청.
일에서는 경험 축적이 무엇보다 중요하고
인간관계에서는 경청하는 자세가 또한 중요하다.

'sm' 돌림자 형제
형제의 이름은 smart와 smile.
일에서는 smart가 중요하고
인간관계에서는 smile이 중요하다.

효율성

아무리 힘든 일이라도
즐겁게 하면 피곤하지 않다.

운동 비법

그저 꾸준히 하는 것이다.
꾸준히 안 하면 운동의 효과는
미미한 수준에서 그칠 것이다.

건강

건강을 위해 '1소小 3다多'를 추천한다.

1소는 소식,

3다는 물, 걷기, 웃음이다.

두려움

두려움을 이기는
가장 쉽고 확실한 비법은
부딪쳐보는 것이다.

승리의 법칙

궁극적인 승리는 양보하는 사람의 몫이다.
당장은 어려움에 처한 것 같아 보이지만,
결국엔 양보하는 사람이 더 잘되고,
본인이 안되더라도,
그 자손이라도 복을 받는다.

성숙

진정으로 성숙한 사람은 항상
너그러움을 간직한 사람이다.
이 너그러움은 온화한 미소로,
따뜻한 눈길로,
존중하는 말로,
여유와 절제 있는 행동으로
나타난다.

장수 비법

과거 중국의 실력자 덩샤오핑은
건강하게 장수하는 비법을
다음과 같이 소개했다고 한다.

1. 소식
2. 산책
3. 화내지 않기

총량

특별한 경우를 제외하고는
모든 사람의 행복,
불행의 총량은
거의 같다.

오버와 부메랑

오버와 부메랑은 바늘과 실처럼
항상 같이 다닌다.
너무 오버하지 말아야 하는 것은
그만큼 부메랑의 강도가 세지기 때문이다.

준비

오늘 교통사고로
갑작스럽게 죽음을 맞이한 사람은
오늘 죽을 것을
어제 미리 알았던 것이 아니다.

죽음은 그렇게 예고 없이
불현듯 온다는 것을
매일 떠올리며 살자.

나무 타기

나무를 탈 때는 본줄기를 타야
정상까지 올라갈 수 있다.
본줄기가 두렵고 힘들다고
곁가지를 타고 있지는 않은지
성찰해보고 궤도를 수정하자.

여~

'여~'로 시작되는
인생의 의미 있는 단어들.
여행, 여유, 여한, 여지,
여생, 여백, 여력 등.

스트레스 불변의 법칙

3년 전 출근길은 한 시간 정도를 운전해야 가는 길이었다. 국도나 지방도가 있었지만 너무 밀려서 논두렁길과 좁은 골목길을 누비는 곡예운전을 매일 해야 했다. 그때 소원은 "제발, 차선이 그려져 있는 2차선 지방도에서 운전해봤으면……"이었다. 그러던 어느 날 고속도로가 개통되었다. 덕분에 출근 시간은 30분으로 확 줄었다. 하지만, 그 행복은 오래가지 못했다. 모든 차들이 고속도로로 몰렸기 때문에 톨게이트와 인터체인지 부근에서 정체가 극심해졌다. 예전처럼 타이어가 논두렁에 빠질 걱정은 없었지만, 수많은 차량들 틈에서 무리한 끼어들기를 네다섯 번 해야 하는 압박감을 매번 감당해야 했기 때문이다. 출근 시간을 재보니, 정확히 한 시간이었다.

길만 넓어졌을 뿐, 과거 출근 시간과 다를 게 없었던 것이다. 인생이 그러한 것 같다. 처음 얼마간은 새로움에서 오는 행복감을 느끼겠지만, 세월이 조금만 지나면 불평불만이 다시 피어올라 결국 '원위치'가 되고 만다. '스트레스'는 내가 살아 있는 한, 그림자처럼 같이 가는 것인 듯하다.

교실 열쇠

내가 근무하는 학교의 교실 열쇠는 네 개의 번호를 일렬로 해야 열리는 번호 열쇠다. 어쩌다가 번호 세 개가 맞았다고 해도 열쇠는 꿈쩍도 안 한다. 열심히 손을 놀려가며 나머지 하나도 마저 맞추어야 비로소 열린다.

라면 물을 끓일 경우에도 마찬가지다. 부지런히 가열해서 90도의 뜨거운 온도에 이르러도 물은 끓지 않는다. 100도가 되어서야 비로소 펄펄 끓기 시작한다. 이때 생라면을 넣어야 맛있는 라면 요리가 완성되는 것이다.

사람의 노력도 마찬가지다. 시험이 끝날 때마다 아이들이 달려와 하는 말은 "세유샘, 저 이번에는 진짜 열심히 공부했어요! 그런데 성적이 왜 이 모양인지 모르겠어요!"

굳이 말하자면 번호 세 개까지만, 온도 90도까지만 노력한 것은 아닌지 점검할 필요가 있다.

원칙과 융통성의 조화

나에게는 '아침 걷기 운동'이라는 생활 원칙이 있다. 새벽잠이 없는 나는 학교에 일찍 출근해서 운동장에서 30분 정도 걷기 운동을 하고 교실로 들어간다. 작년까지만 해도 영하 17도의 강추위에도 불구하고 장갑, 귀마개로 중무장을 하고 아침 걷기 운동을 했다. 몇 바퀴만 돌아도 추운 날씨에 온몸이 꽁꽁 얼어도 '네가 이기나, 내가 이기나 어디 한번 해보자'라는 오기로 이를 악물고 운동장을 돌았다. 운동 후, 나중에 교실에 들어와 아이들과 수업을 하니 아침에 이미 기운을 상당히 소진한 상태라 힘이 많이 달리는 것을 체감했다.

결국 '본질'을 망각한 처사라고 할 수 있다.

곰곰이 생각한 끝에 올해부터는 날이 심하게 추워 저체온이 걱정되거나 비 오는 날의 아침에는 운동장을 가로질러 곧바로 3층에 위치한 교실로 올라간다. 대신에 가방을 책상에 올려놓고 바로 나와서 교실 열 개가 붙어 있는 3층의 기다란 복도를 왔다 갔다 계속 걷는다.

운동장은 걷기 운동이라는 원칙을 달성하기 위한 장소를 제공하는 것에 지나지 않는다. 날이 궂으면 나처럼 기다란 복도를 이용할 수도 있고, 집에 머무는 사람이라면 집 안의 가장자리를 넓게 걸을 수도 있다.

생활 원칙은 그대로 보존하되 수단이나 방법 등은 얼마든지 더 좋거나 상황에 알맞은 전략으로 수정이 가능하다. 그러나 우리 주변의 정치, 사회, 종교 등의 면면을 살펴보면 사소한 것에 얽매여 똥고집을 부리는 바람에 결국 본래의 취지가 손상되는 경우가 다반사다.

항상 소중한 원칙은 지켜나가는 대신에 그 원칙을 더 효과적으로 수행할 수 있는 탁월한 전략이 있다면 얼마든지 '융통성'을 발휘해야 한다. 비단 우리 사회 시스템 외에도 자신의 인생에도 적용되어야 할 것이다.

괜찮은
어른이
되고 싶다

나름

아무리 갓난아이라도
울거나 보채는 데에는 이유가 있다.

사람의 행동도 마찬가지다.
'저 사람은 대체 왜 저러는 거야?'라고
생각하게 하는 행동에도
알고 보면 그 사람 나름의 이유가 있는 것이다.
내 기준으로 함부로 판단하고
손가락질하면 안 되는 것이다.
어쩌면 그에게 내가 알지 못하는
절박함이 있을지도 모른다.

계획과 반성

계획에 앞서 반드시 선행되어야 할 것은
바로 '철저한 반성'이다.
아무리 '화려한 출발'을 했어도
'아름다운 마무리'보다 더 중요할 수는 없다.

굳이 '타이타닉호'를 떠올리지 않아도 된다.
지금부터 차근차근 후회하지 않을
마무리를 지어가면 된다.

친절 1

지하철을 타려고 줄을 서 있었다.
지하철이 도착하자마자 웬 아주머니가 갑자기 나타나
줄을 서 있던 사람들을 밀치고 지하철로 들어갔다.
그때 내 앞에 있던 한 남자가
짜증을 내며 이렇게 말했다.
"아주머니, 질서를 지키시면
알아서 양보해드릴 텐데……"
그때 아주머니가 뒤를 돌아보며 말을 잇다 멈췄다.
"아니! 젊은 사람이 왜 이렇게 깐깐하게 굴…….
에! 너 영민이 아니냐?"
"아, 아…… 미정이 어머니시네요."

누구에게나 친절해야 하는 이유는
그 사람은 누군가의 소중한 부모님이시고
누군가의 절절하고 가슴 아린 자녀이기 때문이다.

친절 2

다섯 살 아이가 엄마 손을 잡고
유치원 버스를 기다리다가 장난을 쳤다.
그러다 엄마 손을 놓치고 넘어져 무릎에 피가 났다.
아이의 엄마는 급한 나머지 바로 뒤에 있는
공인중개사 사무실로 들어갔다. "죄송하지만 혹시
상처 난 데 바르는 연고가 있나요?"
직원은 찾아보지도 않고 "없어요!" 하고 대답했다.
그래서 바로 옆에 있는 공인중개사 사무실로 가서
연고가 있는지 물어보았다. 그 직원은
"네, 한번 찾아볼게요" 하더니, 연고를 가지고 나와서
아이 무릎에 직접 발라주었다.
얼마 후 아이 엄마는 이사를 앞두고
이 공인중개소에 집을 내놓았다.

나이 1

나이를 먹는다는 것은
달력에 의미 있는 날이 점점 많아진다는 것.

나이 2

젊을 때 하지 말아야 하는 것 중 하나.

나이 든 사람들은
희망도 비밀도 설렘도 없을 거라는 생각.
나이는 지극히 상대적인 개념일 뿐.

나이 3

서른이 넘어서야 실감하는 말.

10대는 시속 10킬로미터.
20대는 시속 20킬로미터.
30대는 시속 30킬로미터.
40대는 시속 40킬로미터.
50대는 시속 50킬로미터.

시간이 빨라지면 나도 더 부지런해져야 한다는 것.

경청

사람들에게 존경받는 분들에게는 공통점이 있다.
말을 많이 하기보다
다른 사람의 말을 잘 들어준다는 것이다.

말을 많이 하는 사람은 아직까지
'경청의 기쁨'을 맛보지 못한 것이다.

예외

아무리 악한 사람도
자신에게 호의적으로 대하는 사람에게는
좋게 대하기 마련이다.
아무리 선한 사람도
자신에게 호전적으로 대하는 사람에게는
맞서 대응할 줄 안다.

큰 사람

가장 멋진 일을 하려고 애쓸 때보다
힘든 일을 자원해서 하려 할 때
비로소 크고 멋진 사람이 될 수 있다.

기준

흑인종, 황인종, 백인종에게
살색은 각각 다르다.

사람에게는 물이 그냥 물이지만
물고기에게는 물이 공기다.

꾸중의 기술

많은 사람들 앞에서
한 사람을 대놓고 혼내거나 창피를 주면
그 이유가 아무리 옳다고 해도
아무리 낮은 목소리였다고 해도
상대에겐 크나큰 상처로 남는다.
그 상처를 치유하기 위해서는
아주 오랜 세월이 필요하다는 것을 잊지 말기를.

나누기 2는 곱하기 2

부모님 중 어느 한 분이 먼저 세상을 떠나신다면
살아 계신 부모님께 두 배로 잘해야 하는 것.

당연하지만
매일 잊어버리는 것.

신중

다윗처럼
목동이 왕이 될 수도 있고

요셉처럼
죄수가 총리가 될 수도 있다.

현재 상황으로 사람을 섣불리
판단하지 않는 것이 좋다.

험담

어떤 단체의 지도자를 미워하고
비방하던 시절이 있었다.
그러던 어느 날 그 사람이 된 꿈을 꾸었다.
그 자리에 앉자마자 폭풍이 몰아치고,
앉은 의자가 흔들리는 지진이 일어났다.
혼비백산하다가 잠에서 깨어났다.
그 뒤로 다른 사람들이 그 사람을 욕할 때마다
아무 말도 거들지 않았다. 그 자리가 결코
쉬운 자리가 아니라는 것을 꿈에서라도
보았기 때문이다. 다른 사람에 대해
잘 알지도 못하면서 함부로 욕만 할 것은 아니다.

한순간

인간관계는 참으로 한순간이다.
수십 년간 돈독했던 관계라고 방심하지 마라.
부주의한 말 한마디,
행동 하나에 금이 갈 수도 있다.
가까운 상대일수록 예의를 지켜야 한다는 말은
그냥 나온 게 아니다.

부메랑

내가 하는 모든 말과 행동은
언젠가는 '그대로'
나에게 돌아온다.

진리

잘나갈 때 겸손하라.
명심하고 또 명심할 것.

반전

혹시 지금 칼자루를 쥐고 있는가?
일단 내가 칼자루를 쥔 것에 대해 안도하기를.
하지만 그 칼자루를 군림하는 데 휘두르지 말고
봉사하는 데 마음껏 쓰기를.
누군가 당신을 시험하고 있는 중이니까.

실례

모임에 갔다. 직업이 뭐냐고 묻는다.

교사라고 대답했다.

그랬더니 학원 교사인지 학교 교사인지를 묻는다.

"네, 학교 교사입니다"라고 정중하게 말했다.

이번에는 중등에 있는지 초등에 있는지를 묻는다.

"네, 초등에 있습니다"라고 말했다.

여기까지는 괜찮다.

다시 물밀듯이 질문을 들이댄다. 몇 학년을 맡았냐고.

"네, 3학년 담임을 맡고 있습니다"라고 말했다.

바로 이어서 또 묻는다. 학교는 어디에 있냐고.

나는 그만 지쳐서 나가떨어지고 말았다.

'제발, 본인이 밝히기 전에는 묻지 말란 말이야!'

그것은 관심의 표현이 아니라 '실례失禮'다.

우주 법칙

온 우주에 공통적인 법칙이 있는데
그건 바로
'뿌린 만큼 거둔다'는 것이다.
인과응보.

활용

수많은 자기계발서가 외치고 있다.
장점을 최대한 활용해라!

그리고 이렇게 외치는 책도 있다.
단점을 지혜롭게 활용해라!

좋은 책

독서 자체도 중요하지만,
'좋은 내용의 책을 읽는 것'은
훨씬 더 중요하다.
만약 '양파에는 어린이의 머리를 좋게 만드는 성분이
들어 있다'는 글을 읽은 아이라면
그 전보다 양파를 더 많이 먹으려 할 것이다.
반대로 '양파는 어른에게는 좋지만
어린이의 성장과는 아무 상관도 없다'는
글을 읽은 아이라면 양파를 더 싫어하게 될 것이다.

무조건 많이 읽는 것보다는
좋은 책을 잘 가려서 읽는 것이 더욱 중요하다.
이것은 영상물의 경우에도 똑같이 적용된다.

마음, 몸을 지배하다

KBS 스페셜 '마음' 6부작 중
제1편에서 기억나는 장면.
몇 사람이 우유를 먹었다.
그중 일부가 상한 우유를 먹은 것처럼
구토하는 연기를 했다.
그런데 일반인 시음자 중 몇 명이
상한 우유를 먹은 것과 똑같은 증상을 보였다.
그다음 날 두드러기가 난 것이다.
생각이 몸을 지배할 수 있음을 일러준 실험이었다.

총명

총명한 사람은 말을 신중하게 하는 사람이다.
말에는 책임이 따르기 때문이다.
반대로 말을 함부로 뱉어내는 사람은
참 미련하고 가벼운 사람이 될 것이다.

문제

"문제를 집중해서 잘 보렴.
그 안에 이미 답이 있는 경우도 있고,
최소한 힌트라도 얻을 수 있으니까."

시험 관련 문의에 답변할 때 가장 많이 하는 말인데
우리 일상의 문제에도
그대로 적용될 수 있을 듯하다.

100일 수행 대신 100번 수행

'100일 수행'이 어렵다면 '100번 수행'은 어떨까.
사회생활을 하면서 어찌 100일 동안 변수가 없겠는가?
변수가 생기는 날은 어쩔 수 없이 넘어가고,
변수가 없는 날에 열심히 수행하면 1번으로 쳐서
100번까지 수행하는 것이다.
비록 100일이 넘어가겠지만,
열심히 100번 수행한 것에 의미를 둘 수 있다.

'100번 수행'을 더 확실하게 하려면
1부터 100까지 번호표를 만들어
책상 위에 붙여놓고 수행하는 날마다
스티커를 한 개씩 붙이면
참 좋은 상황판이 된다.

목표

20대에 성취하고 싶은 것 2~3가지,
30대, 40대에 성취하고 싶은 것 2~3가지 등
연령대별로 목표를 정해놓으면
계획 없이 사는 사람보다는 후회가 적을 것이다.

낱말풀이-화火

1. 의외로 중독성이 강하다.

2. 후회와 비례 관계다.

3. 인격의 성숙도와 반비례 관계다.

4. 다 된 밥에 뿌리는 재다.

5. 상대방에게 상처를 주는 칼날이다.

6. 당사자는 정당하다고 주장할지 모르지만,
제3자 눈에는 '꼴불견' 그 자체다.

변화 1

하고 싶은 것 다 하고
먹고 싶은 것 다 먹고
자고 싶은 것 다 자고
놀고 싶은 것 다 놀고
사고 싶은 것 다 사면서
설마,
변화를 바라는 건 아니겠지!

변화 2

무심히 보내는 시간에 변화를 주고 싶다면
농구에서처럼 '쿼터'제를 도입하길.
한 시간이나 30분 단위로 세웠던 계획에
15분, 45분 단위를 추가하면
훨씬 의미 있는 삶을 살 수 있을 것이다.

Feel

중요한 결정에서 감정이나 느낌을
우선시하는 사람들이 있다.
하지만 그 '필Feel' 믿지 말기를.
사람은 화장실 다녀온 것만으로도 '필'이
얼마든지 바뀔 수 있는 존재이기 때문이다.

고수 1

세상에는 나이를 먹어도 하수가 있고,
나이가 어려도 고수가 있다.

고수 2

하수는 자신의 능력을 만천하에 뽐내기 원하고,
고수는 자신의 내공을 쉽사리 드러내지 않는다.
Still waters run deep,
조용한 물이 깊게 흐른다.

고수 3

언제 어디서든 평상심平常心을 유지할 수 있다면
이미 고수의 반열에 오른 것이다.
반면에 평상심을 잃으면
그 순간 이미 패배자가 되는 것이다.

최강 고수

'화(마음)'를 다스릴 줄 아는 사람이 '최강 고수'다.
화를 낸다는 것은 버스가 지나간 뒤
손을 흔드는 꼴이다.
이미 진행된 상황, 엎질러진 물,
지금 필요한 것은 '수습'이다.

지혜

살면서 최고의 지혜를 획득하는 것이
생각처럼 어렵거나 힘든 일만은 아니다.
'지금 여기'의 일에 가치와 의미를 부여하는 것이다.
가령 빨래와 설거지를 할 때도
가족의 행복과 건강을 생각하며
아울러 마음의 때까지 씻겠다는 의미를 부여한다면
이미 그것은 수행으로 승화된 것이다.

인자무적仁者無敵

친구나 동지 또는 내 편을 만들지는 못할망정
최소한 적이나 안티는 만들지 말아야 한다.

욱-

성질이 날 때는 속으로 '그러려니,
그러려니, 그러려니' 세 번을 되뇌기를.
그래도 안 풀리면
'물이 굽이굽이 흐르듯이, 물이 굽이굽이 흐르듯이,
물이 굽이굽이 흐르듯이'나
'숲에서 샘물이 끊임없이 솟아나듯이, 숲에서 샘물이
끊임없이 솟아나듯이, 숲에서 샘물이
끊임없이 솟아나듯이'와 같은
자체 개발한 주문을 되뇌기를.
그래도 도저히 못 참겠거든
자리를 박차고 일단 밖으로…….
아하, 비행기 안이시라고?
그러면 일단 화장실에 가서

거울로 본인의 얼굴을 확인한 후

그 사람의 인격은 건드리지 말고,

그 일 자체에 대해 화내기를.

화도 중독인지라, 사소한 일에 자꾸 화를 내게 되면

양치기 소년의 경우처럼

진짜로 분노를 폭발할 시점에는

아무도 호응을 안 해준다.

성공 비법

5대 비법을 소개한다.

1. 천천히.

2. 꾸준히.

3. 힘들고 막히면 제자리에서 쉬어가기.

4. 즐기며(가장 중요한 비법).

5. 절대 포기하지 말고, 꼼꼼하게.

관계 증진 1

주변 사람과의 관계를 증진하려면
'때문에'를 '덕분에'로 바꾸는 것부터 시작해야 한다.

관계 증진 2

인간관계 증진의 비법은 바로 '맞장구'다.

아주 오랜 시간 동안
판소리 공연을 할 수 있는 비결은
'추임새'가 있기 때문이다.
인간관계에서는 맞장구가 윤활유 역할을 한다.

관계 증진 3

내 주변에 사람이 없다면 원인은 나한테 있다.
다른 사람의 행동을 판단하는 습관이 있다면
다른 사람들은 나 때문에 피곤할 수밖에 없다.

정죄는 타인이 아닌 자신에게 적용하고
판단은 겉으로가 아닌 속으로 할 일이다.
바깥으로 표현하기 전에
절제, 신중이라는 필터 설치는 필수다.

관계 증진 4

내 주변에 사람이 없다면 원인은 나한테 있다.
내 편, 네 편으로 편 가르는 습관을 버려야 한다.

피구 경기를 할 때 편 나누기는 필수다.
그러나 상대편 선수가 실제로 다칠 만큼
치열한 경기를 펼쳐서는 안 된다.
내가 공격해서 다친 선수가 다음 경기에서
내 편이 될 수도 있기 때문이다.

크게 보면 모두 같은 편이라는 말이다.

성공

인생에서 성공하고 싶다면
성공담보다는
실패담에서 배울 점을 찾기를.

적정 온도

샤워기에서 너무 뜨거운 물이 나오면
'앗! 뜨거워!' 하면서 피하게 된다.
너무 차가운 물이 나와도
'앗! 차가워!' 하면서 피하게 된다.

적당한 온도의 물이 편안함을 주듯이
너무 뜨겁지도 너무 차갑지도 않은 사람이
어디서든 환영받는 법이다.

이미지

미국의 전 대통령인 클린턴 대통령은
수많은 업적에도 불구하고
'섹스 스캔들'이 먼저 떠오른다.
테레사 수녀님은 '봉사의 어머니'라는
닉네임이 떠오른다.

다른 사람이 보기에
내 이름 뒤에 오는 것은 무엇일까.

봉사

애인이 없으면 겨울이 유난히 춥다.
돈이 없으면 노년이 춥다.

연애도 중요하고 재테크도 필요하지만
봉사가 없으면 인생이 춥다.

규정

친절해야 한다.
성실해야 한다.
공손해야 한다.
실력이 있어야 한다.
공정해야 한다.

여기엔 예외가 없다.

본전 이상

내게도 트레이드마크가 있었으면 좋겠다
라고 생각한다면
'온화한 미소'를 추천한다.
어디서도 손해 볼 일 없을 테니.

오프라 윈프리의 10가지 원칙

1. 호감을 가지려고 억지로 노력하지 마라.

2. 환경 탓으로 돌리지 마라.

3. 일과 삶을 지혜롭게 조화시켜라.

4. 험담하는 사람과는 사귀지 마라.

5. 항상 친절해라.

6. 중독에 걸리지 마라.

7. 나보다 나은 사람과 사귀어라.

8. 돈이 전부는 아니다.

9. 고난을 타인에게 전가하지 마라.

10. 결코 포기하지 마라.

원석

우리 모두는 같은 원석으로 태어났다.
어떤 보석이 될지는
당신의 노력 여하에 달려 있다.

포커스

당신의 인생은 어디에 포커스가 있는가?
라고 지금 누가 묻는다면
대답할 준비가 되어 있는가?
지금이라도 당신 인생의 포커스를
정확하게 파악하라.

관계 증진 5

자기 자신을 온전히 내려놓지 않은 사람은
다른 사람과의 관계에 장애물을 만날 수밖에 없다.
쓸데없는 자존심을 내세우느라
세상의 모든 사람과 부딪쳐 싸우는 것은
내가 가야 할 곳에 도달하는 시간을
늦추기만 할 뿐이다.

정정당당

2010년 중국 아시안게임.
발목 부상을 당한 일본 선수를 상대로
경기를 치른 왕기춘 선수는
경기 내내 한 번도 일본 선수의 발목을
공격하지 않았다.

은메달에 그친 왕기춘 선수에게
상대 선수가 남긴 찬사.
"그는 진정한 무사다."

자랑질

주변에 자랑질이 유난히 심한 사람이 있는가?
다 받아주길 바란다.

그 사람의 마음이 그만큼 허虛하기 때문이다.

친절 3

서양 격언 중에
'모든 법칙에는 예외가 있다'라는 격언이 있다.
그런데 이 격언에도 예외가 있는데,
그것은 바로 '친절에는 예외가 없다'이다.

친절 4

언제나 친절해야 이유는
그 사람을 언제든 다시 만날 수 있기 때문이다.
어쩌면, 입장이 바뀐 상태로.

기초

기초가 없다고 지레 겁먹고
포기하지 말길 바란다.
매일 꾸준하게 하다 보면,
어느 순간에 생기는 것이
바로 기초다.

출발선

어떤 일의 출발선에서든지
맨 땅에 헤딩하는 자세로
어금니 꽉! 깨물고 나아가자.

컨설팅

중요한 결정을 앞두고 컨설팅을 받을 경우
어느 한쪽에만 의지하지 말 것.
내부와 외부 양쪽에서 모두 받아야 한다.

일과 사람 1

일은 뿌린 만큼 거두고,
사람은 주는 만큼 받는다.

일과 사람 2

무슨 일이든지 감사함으로,
누굴 만나든지 따뜻함으로.

일과 사람 3

일은 과정의 즐거움으로,
인간관계는 경청의 즐거움으로.

일과 사람 4

일할 때는 전심으로,
사람 대할 때는 진심으로.

폭

생각의 폭이
그 사람의 그릇을 결정한다.

건전하게

건전한 만큼 떳떳하고 당당할 수 있다.
자신에게 떳떳하고
배우자와 자녀에게 당당할 수 있다.
건전하게 사는 것이
참다운 백그라운드다!

오자성어

최고의 오자성어를 만들어놓고
일상에서 되뇌어보자.

가령 '방심은 금물'처럼.

내일

쯧쯧······.
함부로 혀를 차지 마라.
나도 쯧쯧······ 하는 상황으로 들어갈 수 있다.
참으로 어느새, 아니 순식간에!

사람은 내일 일을 정말 모르는 것이다.

건강

건강은 걸을 수 있을 때
관리하는 것이 현명하다.

돈

돈 거래는 관계를 악화시키는
가장 쉬운 방법이다.
누군가 보증을 부탁한다면
내가 아는 최고의 식당에 가서
비싼 음식을 대접하라.
그리고 이렇게 말하라.
"이것으로 갈음합시다."

성실

매일 아침 초등학교 앞에서는 '녹색어머니'들이 번갈아가며 교통 지도를 하고 있다. 아이들이 횡단보도를 안전하게 건너도록 안내하는 것이다.

내가 신규 교사로 6학년 담임을 맡았던 시절에는 주번 교사들이 번갈아가며 그 일을 맡았다.

내가 주번 교사를 맡은 겨울 어느 날, 아침 기온이 무려 영하 10도나 되었다. 너무 추워서 정말이지 교무실 밖으로 나가고 싶지가 않았다. 하지만 '이런 날씨일수록 더 열심히 해야지'라고 마음을 고쳐먹고 45분간 횡단보도 봉사를 하고 들어왔다. 그리고 그날 점심 식사 후 은행 볼일을 보기 위해 은행에 들어가 번호표를 뽑고 앉아서 기다렸다. 그런데 5교시 수업 시간이 가까워져도 좀처럼 차례가 오지 않았다. 할 수 없이 시계만 쳐다보다 자리에서 일어서려고 했다.

그때 한 아주머니께서 "제 번호표랑 바꾸시고 먼저 볼일 보세요" 하셨다. 그래서 "아하! 우리 학교 학부모님이세요?" 하고 물었다.

그런데 "아니요, 우리 애들은 이미 고등학생이에요. 아침에 베란다에서 이불을 털려고 창문을 열었는데 어떤 선생님이 횡단보도에서 호루라기를 불며 교통 지도를 하고 계시더라고요. 추운 날씨에 정말 고생하시는구나 했는데 이렇게 은행에서 만나네요."

'성실'이라는 단어에는 '누가 보든지 안 보든지'라는 전제가 깔려 있다.

상처와 스트레스

나 혼자만의 상상이다. 아마 하늘에서 땅으로 태어나기 직전의 인간들에게 자신들이 평생 짊어질 축구공만 한 크기의 '부담, 고난, 상처' 등을 배분하지 않았을까.

A타입-어떤 사람들은 이 축구공을 지구보다 더 크게 부풀려서 평생을 위축되고 자신이 짊어진 짐에 깔려 초라한 삶을 살아간다.

B타입-대부분의 사람들은 이 축구공을 애드벌룬처럼 몇 배로 부풀려 인생을 터벅터벅 힘들게 살아간다.

C타입-다른 사람들은 이 축구공을 야구공이나 탁구공처럼 작게 여기고 인생을 가볍고 재밌게 영위해나간다.

D타입-극소수의 사람은 이 축구공을 좁쌀만큼 축소해 전혀 개의치 않고 영적인 깨달음과 함께 초월적 삶을 살아간다.

인간으로 태어나 인생을 사는 누구나 축구공 크기의 '고통'를 피할 수는 없다. 천만다행인 점은 이 축구공을 부풀려 키우거나 아주 작게 축소하는 일은 바로 우리 마음가짐에 달려 있다는 것이다.

일본의 작가 가와카미 미에코의 《헤븐》이라는 책을 보면 사시인 눈 때문에 괴로워하는 중학교 2학년 주인공에게 친구가 이런 충고를 들려준다.

"사시인 눈은 너의 제일 중요한 부분이야. 진짜 너를 형성하고 있는 가장 중요한 것!"

어쩌면 우리 자신을 힘들게 만드는 그 축구공의 상처가 바로 우리 자신을 우리 자신 되게 만드는 역할을 하는 것일 수도 있다. 따라서 인생에서 가장 지혜로운 사람은 '자신의 아픈 공'을 가지고 오히려 '축구'를 즐기면서 행복하게 살아가는 사람이라고 할 수 있다.

무무 걷기

미천하지만, 나는 '무무 걷기'를 창안한 사람이다. 물론 회원은
나 한 명이다.

'무무'는 '무조건, 무턱대고'의 준말이다. 어려운 문제와 고민, 쓰
나미급의 스트레스가 우리를 침범해서 망가뜨려놓을 때, 집 안
에만 웅크려 있지 말고 벌떡 일어나서 밖으로 나와 자꾸 걸어
야 살 수 있다.

SBS 스페셜 '걷기의 시크릿' 방송을 보면, 걷기에 대한 다양한
실험 사례와 해외 교수들의 연구 결과를 확인할 수 있다.

방송 내용을 간단히 요약하면, 산책을 하듯이 편안하게 30분
정도만 걸어도 다음과 같은 효과를 체험할 수 있다.

1. 창의성과 주의력, 집중력이 길러진다.

2. 자신을 돌아보면서 일상의 소중함을 깨닫게 된다.

3. 생각이 정리되면서 마음의 여유를 얻을 수 있다.

4. 두뇌 활성화로 뇌기능이 향상되면서 치매 예방에 좋다.

'무무 걷기'는 이왕이면 혼자서 수행하는 것이 좋다. 즉, '나만의 시간'으로 활용하는 것이 유익하다. 산티아고 순례길까지 가면 더욱 좋겠지만 집에서 가까운 공원, 자녀가 다니는 학교 운동장 등도 괜찮다. 집 주변에 여행 가이드처럼 자신만의 올레길 코스를 개발하기 바란다.

도저히 여건이 안 될 경우에는 몇 분간의 '집 안 올레길 타임'을 정해서 방들과 거실 가장자리를 연속으로 돌아보자. 장소보다 중요한 것은 '나만의 무무 걷기'다. 걸어야 생각이 정리되고, 아이디어가 샘물처럼 솟아난다.

저녁의 문장들

수고했어,
오늘도

전반전과 후반전

삶에 너무 쫓기고 허덕인다면
인생에는 전반전만 있는 것이
아니라는 사실을 직시하길.

일단 휴식 시간을 가진 다음
후반전의 전략을 생각해보자.

모니터링

마음은 살아서 끊임없이 움직이는 생물체다.
꿈틀거리기도 하고, 팔딱팔딱 솟구치기도 한다.
계속 '모니터링'하면서
좋은 쪽으로 흘러가도록 마음의 물결을
잘 만들어줘야 한다.

관점

자신에게 정말 중요한 것이 무엇인지 확인하고
내면의 울림을 느낄 때
완전히 다른 각도에서 일상을 보게 된다.
진정으로 중요한 것에 집중하라.

열린 마음

오래전 우연히 TV를 보는데
한 명사가 나와서 강연을 했다.
어느 부부가 길을 가고 있었는데 나뭇가지에
까마귀가 앉아 있어서 남편이 "저기 가마귀가 있다"
라고 말하자, 아내가 "가마귀가 아니고
까마귀 아닌가요?" 하고 대화를 나눈 이야기를
소개했다. 그러면서 "만약에 이 부부가
그 새가 가마귀인지, 까마귀인지 별것도 아닌 것
가지고 싸우면 어떻게 되겠습니까?"
라고 반문했다.

우리는 인생을 살면서 '가마귀인가 까마귀인가'를
놓고 쓸데없는 논쟁을 하고 시간을 허비한다.

세상에는 이런 일도 있고, 저런 일도 있으며,
이런 사람도 있고, 저런 사람도 있다는
열린 마음을 가지고 생활하면 더욱 성숙된 삶을
영위할 수 있을 것이다.

원칙

가족 모임의 원칙.
말은 적게,
표정은 밝게.

수상 소감

그동안 나름대로 열심히 살았던 자신에게
마음의 상장을 주자.
그러고 나서 현관문에서 집 안의 거울까지
레드카펫을 걷는 것처럼 우아하게 걸어가보기를.
거울 앞에 서서 유명인들이 시상식에서
수상 소감을 말하듯이
당당하게, 지금까지 최선을 다해서 살아왔고,
앞으로도 더 멋지게 살 거라고 말해보자.

주문

지긋지긋한 가난과 죽음보다 깊은 외로움이
오버랩되어 힘든 경우
아래의 주문을 되뇌면서 기운을 차리고,
자리에서 박차고 일어나길 바란다.

이런 때일수록……
이런 때일수록……
이런 때일수록……

완벽한 사람

세상에 완벽한 사람은 있다.
지금 죽어도 여한이 없는 사람.

포장=정성

RCY(청소년적십자) 단원인 어느 학생에게서 배운 것.
그 학생은 활동 중 찍은 사진들을 꼭 인화해서
예쁜 비닐에 정성껏 넣어서 나눠 주었다.
별것 아니라 생각할 수 있지만,
받는 입장에서는 기분이 참 좋았다.

누군가에게 선물할 때
정성을 듬뿍 담아 포장해보시기를.
포장지가 없다면
포스트잇에 고마움과 미안함을 담아
짧은 문장으로 표현하는 것도 좋은 센스인 것 같다.
분명 상대방은 감동과 기쁨을 두 배로 느낄 것이다.

세면대에서의 배려

가정에서부터 배려하는 마음이 꼭 필요하다.
비누를 새로 바꾸었다면
다른 사람이 먼저 새로운 비누를 쓸 수 있게
비누의 윗면을 그대로 두고
밑면을 먼저 쓰는 마음.

손을 씻고 나서 수건에 닦을 때
안쪽을 먼저 사용해서 상대방은 바깥쪽의 마른 면을
사용하도록 하는 마음.

푼돈이 모여 밑천이 되듯이
사소한 배려가 모이면 큰 신뢰가 된다.

올 코트 프레싱

올 코트 프레싱All Court Pressing.
이 말은 농구 경기에서 종료 시점이
얼마 남지 않았을 때,
상대편 진영에서부터
'압박 수비'를 펼친다는 뜻이다.
살다 보면 올 코트 프레싱이 필요할 때가 있을 테니,
평소에 힘을 비축해두어야 한다.
특히 중요한 일을 앞두고는
D-Day를 설정하여
올 코트 프레싱!

과거

성공이었든 상처였든
이제는 그만,
과거로부터 자유로워지기를.
과거는 참고 사항일 뿐
필수 사항이 아니므로.

과거는 내 머릿속에 잠겨 있는 재생 파일일 뿐.

불행

불행한 삶을 사는 사람들에게는
두 가지 공통점이 있다.

1. 만족을 모른다.
2. 과거의 실패를 크게 생각한다.

몸과 마음

몸은 자꾸 움직여야 하고,
마음은 항상 평안해야 한다.
이것이 건강 비법이다.

반대로
몸은 굳어 있고 마음은 흥분돼 있는 상태라면
병이 노크하며 대기 중일 때다.

지렁이

전철로 출근할 때의 일이다.
종착역에서 내려서 다시 아파트와 아파트 사이의
길을 따라 15분 정도 걸어서 출근했다.
비 오는 날에 15분쯤 걸어가다 보면,
길가에 나와 있는 많은 지렁이들을 만나곤 했다.
아침이 지나고 햇볕이 내리쬐면 그것들이
곧 말라 죽을 수도 있겠다는 생각이 들었다.
발을 이용해 수풀로 옮겨주려고 했더니,
지렁이들이 발버둥 치며 괴로워했다.
그러다가 문득 플라스틱 부채가 떠올라서
지렁이들을 부채에 태워 수풀 쪽으로 던져줬다.

그 후로는 장마철만 되면
손에 플라스틱 부채를 들고 다닌다.
언젠가 그렇게 살려준 수백 마리의 지렁이가
은덕을 베풀 날도 있을 것만 같다.

선택

선택 자체에는 잘잘못이 있을지언정,
'최악의 선택'이란 거의 없다.
그러나 잘못된 선택 후에
그 책임을 자신의 탓으로 돌리지 않고,
타인을 원망하거나 상황의 문제라고 불평하면서
시간을 허비한다면,
그것이 잘못된 상황을 더 악화시키는
'최악의 선택'이 된다.

U턴

첫 단추가 잘못 끼워졌다고 생각될 땐
과감히 'U턴'하기를.
끝까지 밀어붙이면 파국을 맞이할 뿐이다.
지금도 늦지 않았다.
처음부터 다시 시작하면
5년 뒤에는 현명한 결정으로 추억하게 될 것이다.

집착

구하려는 것이 무엇이든
먼저 다가오게 만들기를.
집착할수록 멀어지는 게 세상의 이치.
초연한 마음으로 내공과 내실을 충실히 쌓는다면
크고 좋은 것이 다가와 있을 것이다.

초심

사랑에 진전이 없다면
상대에게 진심이 아니라 부담이 전해졌기 때문이다.
상대방이 부담을 느낀다면 밀어붙이기를 중단하고,
초심으로 돌아가 다시 판단하기를.
진정 자신이 뛰어야 할 코스가 맞는지
자문자답해볼 필요가 있다.

평상심

'바심이'와 '들갑이'는 성은 다르지만,
호형호제하는 친한 사이다.
그들의 성은 각각 '조'와 '호'다.
조바심 내고, 호들갑 떨면 될 일도 안 된다.
항상 언제 어디서나 '바심이'와 '들갑이'는 멀리하고,
'상심이'와 친해질 필요가 있는데 그의 성은 '평'이다.

걱정 - 인생사전 낱말풀이

1. 걱정도 습관이다.
2. 마음먹기 나름이다.
3. 시간이 지나면 자연스럽게 해결된다.
4. 더 큰 걱정거리가 생기면 그 전의 걱정거리는
자동으로 '덮어쓰기'가 된다.

결국 '걱정'은 절대적인 것이 아니라
상대적인 개념이다.

고난

과거의 관점에서 고난은
자신의 '업보'로 인해 생겨난 것이다.
현재의 관점에서 고난에 '의미'를 부여하면
나름대로 이겨나갈 수 있다.
미래의 관점에서 고난은
앞으로 더 좋은 일이 생기려는
'액땜'으로 해석될 수 있다.

연동

어제의 내가 오늘의 나를 만들었고
오늘의 내가 내일의 나를 만든다.

정리

한 달에 한 번쯤 서랍을 정리한다면
일 년에 한 번쯤 관계를 정리하자.

인간관계에도 정리가 필요하다.

유언

"용서하고 화해하고 사랑하라."
-차유황 목사

"고맙습니다. 서로 사랑하세요."
-김수환 추기경

내가 남길 유언:

_____

_____

_____

_____

비움

"주거 공간을 간소화해야 정신 공간이 광활하다."

"자꾸 말하거나 채우려 하지 말고
자연의 소리에 귀 기울이고 침묵할 줄 알아야 한다."
-KBS 일요스페셜 법정 스님 편

답

멀리 보자.
크게 생각하자.
초심으로 돌아가자.

아무것도 아닌 말일 수도 있지만
잘 생각해보면
모든 것의 답일 수도 있다.

생과 사

영화 제목에도 있듯이
예전에는 폼생폼사였다.
절약 정신이 몸에 밴 사람들은
'포생포사'라고 한다.
포인트에 살고 포인트에 죽는다는 것이다.

나는 무엇에 살고 무엇에 죽는가?

후처리

사고 난 자동차는 수리하면 되지만
상처 난 마음은 어떻게 해야 하는 건지
아시는 분?

보물

아이들에게 가장 소중한 보물을
네 개 적어보라고 했다.
그다음에 그중 세 개는 버리고
한 개만 남기라고 했다.
핸드폰, 다이아몬드, 목숨 등이 나올 줄 알았는데
아이들의 보물은 예상 밖의 것이었다.
닌텐도, 강아지, 할머니 등이었다.
어떻게 아빠 엄마보다 닌텐도와 할머니,
강아지가 더 소중하냐는 질문에 아이들은
이렇게 대답했다.
"아빠는 나랑 놀아주지 않아요."
"할머니는 언제든지 내 옆에 있어줘요."

염두

우리의 육체는 '소멸'을 향해 날아가고 있음을,
죽음 뒤 영적 세계가 있음을
염두에 두고 살아가기를.
지금보다는 근신하고 절제하는 삶을 살아가기를.

쉼표

삶이 꼬인 것처럼 느껴진다면 산책을 해보라.
의외로 꼬인 문제들이 시원하게 풀릴 때가 있다.
어디에서 산책하느냐가 중요한 것이 아니라
한 박자 쉬어 가는 여유로운 마음을 가질 수 있는
시간이 중요한 것이다.
동네 야산도 좋고, 공원도 좋다.
물론 출근할 때 몇 정거장 먼저 내려서 걷는 것도 좋다.
여건이 허락된다면 1박 2일 정도
여행을 하는 것도 좋다.

뜻밖의 아이디어가 떠오르기도 하고
기대하지 않은 좋은 일이 따라올 수도 있다.

생활 수행

1. 사색하는 시간을 보낸다.
2. 사색하는 시간을 보낸다.
3. 사색하는 시간을 보낸다.

언어 수행

1. 다른 사람을 험담하지 않는다(인터넷 댓글 포함).
2. '감사합니다, 죄송합니다, 사랑합니다'라는
   말을 입에 달고 산다.
3. 누구에게든 칭찬과 격려의 말을 아끼지 않는다.

최고의 날

어제가 힘들었다면, 어제는 이미 지났고
오늘이 힘들다면,
내일은 힘들지 않을 것이기 때문에

오늘은 분명 최고의 날이다!

겉치레

화려하고 휘황찬란한 네온사인일수록
그 속은 복잡하고 흉물스러운 전선들로
가득할 뿐이다.

부자와 거지

사랑을 줄 수 없을 만큼 가난한 사람은 없다.
사랑을 받지 않아도 될 만큼
부유한 사람도 없다.

센스

자신은 좋아서 하는 말, 생각 없이 하는 말이
상대방에게는 상처가 되고
부담이 될 수도 있음을 알아채는 감각.

독침

마음의 감옥에서 누군가를 미워해봐야
결국 독침으로 찔림을 당하는 사람은
상대방이 아니라 자기 자신이다.

수지타산

다른 사람이 내 험담을 하는 시간은
3분도 채 되지 않는다.

그 3분 때문에
내 소중한 3시간, 3일을 놓친다면
나만 손해다.

충전

아무리 좋은 스마트폰이라도
배터리가 닳기 전에
반드시
충전해야 한다.

등급

신용등급보다
인격등급이 먼저 매겨지는
사회가 오면 좋겠다.

선생

그 사람만 만나면
힘이 생기고 용기를 얻는다.
만약 그런 사람이 있다면
그는 내게 선생이 될 수 있다.

짝꿍

단춧구멍이 너무 크다고 소용이 없는 것은 아니다.
그 구멍에 맞는 단추가 있으니까.

말 한마디

아무리 불편하고 어려운 관계도
부드럽게 할 수 있는 것.
아무리 오래된 좋은 관계도
깨뜨릴 수 있는 것.

위력

모난 돌을 둥근 조약돌로 만드는 것은
거센 망치가 아니라
부드러운 물결이다.

여유

한 길만 고집하지 말자.

길은 많다.

고난

오늘 고난을 겪는다고 해서
내일도 고난을 겪는 것은 아니다.

기운 내자!

생활의 지혜

자동차를 타고 가다가 오르막길이 나오면
엔진의 힘을 다 쓰지 말고 여력을 남겨둔다.
그래야 자동차를 오래 탈 수 있다.

착각

상대방을 깎아내리면
내가 더 높아진다고 생각하는.

포기

인생에서 포기라는 단어는
배추 셀 때 외에는 쓰지 말라고 하지만

때로는 포기하는 용기도 필요하다.

우연

우연이란
노력하는 사람에게
운명이 놓아주는 다리다.
- 영화 〈엽기적인 그녀〉 중에서

헤아림

다른 사람의 입장을 헤아리는 연습을 하라.
나도 딱 그만큼 헤아림을 받을 것이다.

벼랑

"누군가를 벼랑 끝으로 몰면,
몰린 사람뿐 아니라
모는 사람도 벼랑 끝에
있다는 사실을 명심해라."
- TV 드라마 〈반짝반짝 빛나는〉 중에서

병과 마음

둘은 무슨 관계일까?
정답은 '마음이 없으면 병도 없다.'
거의 모든 병은 마음으로부터 온다고 해도
과언이 아니다.

적응

인간은 3일이 넘어가면
좋든지 아쉽든지
나름대로 적응해나가는 존재다.
'작심삼일'이 그냥 나온 말은 아닌 게다.

속담 순위

우리 속담 경연대회를 한다면
'남의 떡이 커 보인다'가 1등,
'사촌이 땅을 사면 배가 아프다'가
2등이 아닐까 싶다.

인간

현재의 감정에
지배를 받는 존재.

불멸의 격언

시대와 장소를 초월해 남녀 사이를
가장 리얼하게 묘사한 격언.

"있을 때 잘해."
단 다섯 글자다.

동행

행운은 '옥에 티'를,
불운은 '비빌 언덕'을 동반한다.

먹을거리

그 중요성은
아무리 강조해도 지나치지 않다.
우리가 먹는 음식이
곧 우리의 피와 살이 되기 때문이다.

휴가

시간에 얽매이지 않는 것.

현인賢人

말하는 재미보다
듣는 즐거움을 깨달은 사람.

빛과 그림자

빛을 받는 물체에는 반드시 그림자가 생긴다.
빛이 강할수록 더 짙은 그림자가 드리워진다.
그렇다, 캄캄한 그림자 너머에는 반드시
찬란한 빛이 있는 것이다.

세상

세상은 변하지 않는다,
내가 변하지 않는 한…….

죄

죄를 짓지 말아야 할
가장 큰 이유는
죄를 짓는 순간부터
스스로의 '죄책감'에
시달리기 때문이다.

기적의 씨앗

아파트 단지에서 입주 3주년 기념 장터가 열렸다.

한 가구당 쿠폰 네 장을 지급하고 장터에서는 돈 대신 쿠폰으로만 음식을 사 먹을 수 있었다.

자장면은 쿠폰 두 장, 김밥은 한 장…… 가족이 모두 먹으려면 쿠폰이 더 필요했다. 제기차기, 고리 던지기, 줄넘기 등의 경기에서 성공하면 쿠폰이 추가로 지급되었다. 많은 사람이 도전했지만 쉽지 않았다.

돌아다니다 모금함을 발견해 아들에게 돈을 주고 시켰다. "이거 저기 모금함에 넣고 올래?" 모금함에 돈을 넣고 온 아들은 쿠폰 여덟 장을 손에 쥐고 있었다.

"저기 누나가 줬어요. 모금을 하면 쿠폰을 준대요."

어쩌면 우리는 눈앞에 해답을 두고도 그걸 놓치며 살고 있는지도 모른다.

순수한 봉사나 기부는 기적이 열리게 하는 나무의 씨앗이다.

스트레스도 관리하기 나름

첫째, 인식의 틀, 포커스를 어디에 맞추느냐에 따라 스트레스가 증폭되기도, 흐지부지 없어지기도 한다. 만약 외모에 예민한 사람에게 외모를 비하하는 말을 했다면, 상대방의 마음은 엄청난 상처로 얼룩지고 말 것이다. 하지만 그다지 외모에 신경을 안 쓴다면 '이게 어디 하루 이틀이더냐'라는 생각으로 한쪽 귀로 듣고 한쪽 귀로 흘리고 말 것이다.

즉, 남이 보기에는 아무리 커다란 문제도 자신이 사소하게 생각하면 사소하게 되고, 남이 보기에는 아무리 사소한 문제도 자신이 커다랗게 생각하면 크나큰 고통으로 다가온다.

나는 새벽잠이 없어서 학교에 일찍 출근한다. 출근해서 운동장의 우레탄 트랙을 30분 정도 걷고 교실로 들어온다. 어느 날, 방송에서 우레탄 트랙에 발암물질이 있다는 뉴스를 봤다. 그날부터 우레탄 트랙을 걸으면 왠지 고무 타는 냄새가 나는 것 같고, 거부 반응이 심하게 일어나 운동장 걷기를 그만두었다.

얼마 후 학교에서는 우레탄 트랙을 파란 천으로 모두 덮었다. 파란 천 위를 걸어보니 꼭 러닝머신 위를 걷는 것 같아서 기분이 좋았다. 요즘은 파란 천으로 덮인 운동장 트랙을 신나게 걷고 있다. 우레탄 트랙도, 파란 천도 그대로 있는데 내가 어떻게 인식하느냐에 따라 스트레스가 되기도, 행복이 되기도 한다.

둘째, 자신만의 '충전 시간'이 있어야 한다. 나는 스트레스를 심하게 받은 날이면 퇴근길 고속도로에 자리 잡고 있는 휴게소에 들른다. 가슴속의 뜨거운 스트레스 열기를 순화시키기 위해 편의점에 들러 아이스크림을 한 개 사 가지고 밖으로 나온다. 차가운 아이스크림을 입에 문 다음 30분 정도 휴게소를 어슬렁거리면서 응어리를 정화한다.

육아, 자녀 교육, 비즈니스, 정치 상황 등 여러 어려움이 우리를 괴롭힐 때 무조건 감정적으로 대항하지 말고, 매일 30분 정도 자신만의 충전 시간이나 힐링 장소를 만들어 운동, 산책, 커피, 친구와의 수다 등으로 재충전해야 견뎌낼 수 있다. 강물이 강을 버려야 바다로 나아갈 수 있는 것처럼 '충전 시간'에 훌훌 털어내야 비로소 행복의 길로 들어설 수 있다. 어차피 내가 여유롭게 바뀌지 않으면, 세상도 바뀌지 않는다.

나이 들수록 가까이 해야 할 것

나이들수록 가까이 해야 할 것은 바로 '소'로 시작하는 단어들
이다.

1. 소식: 식사를 또 하나의 수행이라고 보고, 식탐에 빠지지 않
도록 항상 조심해야 한다.
'소식'은 건강한 생활을 위한 첫 단추이기도 하다. 우리가 먹는
음식이 곧 우리의 살과 피가 되기 때문이다.

2. 소박: '소박'의 뜻은 거짓이나 꾸밈이 없이 수수하다는 의미
다. 유독 허례허식과 남의 시선에 민감하게 반응하는 우리의
사회 분위기이지만, 석양의 붉게 물든 노을을 바라보거나 라
디오에서 흘러나오는 노래를 따라 부르는 등 소박한 일상에서
행복을 채워가는 삶을 실천해야 한다.

3. 소통: 이전의 대면 소통, 편지 왕래, 전화통화 외에도 이메
일, 밴드, 카카오톡 등 다양한 소통의 매체들이 이용되고 있다.

이러한 문명의 이기들을 잘 활용하여 서로의 고민과 애환을 들어주며 아름다운 인생을 엮어나가야 한다.

4. 소탈: 혈기와 욕심을 내려놓고 있으면 있는 대로, 없으면 없는 대로 물이 흐르듯이 순리대로 사는 것이 중요하다. 값비싸고 편한 것만이 전부가 아니고 평범함 속에서 행복이 주어짐을 깨달아야 한다.

5. 소신: 어떠한 경우에도 올바른 삶을 살아가겠다는 소신은 우리 모두에게 하나의 나침반 역할을 할 것이다. 불굴의 의지는 바로 '올바른 소신'에서 출발한다.

6. 소중함: 나이를 먹을수록 '소중함의 가치'를 깨우쳐야 한다. 나라의 소중함, 자신이 속한 사회, 공동체의 소중함, 무엇보다도 가정의 소중함 등 여러 소중함에 대해 의미를 부여하고 가치를 알아가는 것이 좋다.

밤의 문장들

그래도
오늘이
행복한
이유

피할 수 없는 감사

자신의 인생길이 뻥 뚫린 고속도로에 있다면
빨간 신호등에 가로 막힌 국도를 생각하며 감사하고

자신의 인생길이 국도에 있다면
앞뒤 차에 막혀 꼼짝도 못하는 지방도를 생각하며
감사하고

자신의 인생길이 지방도에 있다면
덜컹거리는 논두렁길을 생각하며 감사하고

자신의 인생길이 논두렁길에 있다면
구덩이가 파여 빗물이 고인
질퍽한 비포장길을 생각하며 감사하고

자신의 인생길이 비포장길에 있다면
그나마 길이 있어
앞으로 나아갈 수 있음에 감사하고

자신의 인생길이
앞으로 나아갈 수 없는 절벽과 마주하고 있다면
돌아 나가서 다시 시작할 수 있는
선택의 여지가 있음에 감사하라.

주의

자기희생과 양보 없이
'사랑'이라는 말을
올리지 말기를.
정말 숭고한 단어이니.

정도正道

뭔가를 잘못한 아이는
엄마가 부르는 소리만 들어도 바짝 얼어 긴장한다.
뭔가를 잘못한 사람은
경찰차 출동하는 소리만 들어도 움찔 겁을 먹는다.

정도正道만 걷는 사람은
언제 어디서 무슨 일이 생겨도
긴장할 일도, 걱정할 일도 없다.

죽음

하늘 아래, 조상님 앞에
부끄러운 짓을 하지 않으면
죽음을 두려워할 필요가 없다.

"잘 살았구나"
칭찬받을 일만 남았으니.

부부싸움 1

부부간에는 아무리 사소한 문제라도 함께 결정하라.
부부싸움이 10분의 1로 줄어들 것이다.

부부싸움은 대개 한 가지 치명적인 실수로 인해
끝없이 로테이션되는 경우가 많다.

예를 들어 남편이
주식 투자에 실패해서 돈을 날린 경우,
돈 얘기만 나오면 아내는
"당신이 주식으로 돈만 안 날렸어도……"
하는 말을 자연스럽게 꺼낼 것이다.
그리고 그 말은 한 번만 따라오는 것이 아니다.
(물론 안 그런 아내도 많을 것이다.)

그런데 만약
주식 투자를 할 때 부부가 함께
상의해서 결정했더라면
"우리가 그땐 잘못 생각했어, 그렇지?"
한마디면 끝난다.
싸움이 아니라 반성의 기회가 되고
부부간의 화합으로 이어질 것이다.

의외로 간단한 문제인데 살다 보면
그러기가 쉽지 않다.
하지만 쉽지 않은 것이지, 불가능한 것은 아니다.

부부싸움 2

남편: 이번에 동생이 어려운 일을 당했대.
천만 원 정도 도와주면 어떨까?

지는 아내: 미쳤어? 지금 우리 형편이
동생 도울 형편이야?

이기는 아내: 지금은 우리 형편도 좀 힘드니까
500만 원만 도와주자.

남편은 명분을 취하고,
아내는 실리(500만 원은 깎았으니)를 취한 것이 된다.
500만 원만 도와줬다고
화를 낼 남편은 없을 것이다.

타협은 비굴한 것이 아니다.

한 발씩만 양보하면 둘 다 이길 수 있다.

상황

지금보다 더 어려운 상황에
있지 않음을 감사하라.
내 마음 하나만 바꾸면
세상 모든 것이 바뀐다.

긍정

살아 숨 쉬는 것만으로도 이렇게 고맙고 행복한데,
소중한 가정, 아름다운 자연까지 있으니,
참 황홀한 세상이다.

순수

당장은 '권모술수權謀術數'가 수월해 보이지만
'순수' 앞에서 그것은 여지없이 무너지게 돼 있다.
'사랑' 앞에 설 때 더욱 순수하기를,
그 순수에 올인하기를.

그때 사랑은
견고한 그 무엇이 되리라.

초능력

대학 시절 초능력에 심취한 적이 있다.
'스푼밴딩'이라는 초능력에 빠져,
숟가락을 구부리는 데 허송세월을 보냈다.
성공한다고 해도 가정경제에
구멍 내는 일만 됐을 것이다.
혹시 장풍을 일으켜서 누군가에게 쏜다면
폭행죄로 유치장 신세를 질 뿐이다.

진짜 초능력은 '선한 영향력'이다.
가족, 이웃, 사회에 유익을 끼치는 것이야말로
진정한 초능력인 것이다.
그것은 사람을 변화시키는
능력을 갖고 있기 때문이다.

여지 1

다 가지려고 하지 말기를.
어떤 것은 취하되, 어떤 것은 양보하는
여유로운 사람이 되기를.

여지 2

삶에는 때때로 여지가 필요하다.
어떤 일이든지 회귀할 수 있는 여지를
조금은 남겨둘 필요가 있다.

너머

학교에서는 '꿈의 성취'를 강조한다.
그러나 꿈을 이룬 후, 즉 '꿈 너머'에도
중요한 의미가 부여될 필요가 있다.
그래서 매년 학생들과
'꿈 너머 사랑 실천(재능 기부) 선서식'을 갖는다.
예를 들면 다음과 같다.

*나의 꿈 - 한의사
내 꿈은 한의사다.
어려서부터 몸이 약한 나는
부모님께서 지어주신 보약을 먹고
튼튼하게 자랄 수 있었다.
한의사가 되어서 부모님께 보약을 지어드려

은혜에 보답하고
아이들을 튼튼하게 자라나게 해주고 싶다.

*꿈 너머 사랑 실천 선서식 - 한의사
나중에 커서 한의사가 되면
한 달 수입에서 5퍼센트를 보육원,
양로원에 기부하고, 한 달에 한 번씩 보육원,
요양원에 가서 몸이 아픈 어린이를
무료로 진료하고,
힘이 없으신 할머니, 할아버지를 치료해줄 것이다.

능가

5백 원의 가치는 1만 원의 가치를 능가할 수 없다.
그러나 관점을 달리하면 얼마든지 역전도 가능하다.
5백 원이 금화나 기념주화로 변신한다면,
1만 원의 가치를 가볍게 뛰어넘을 수 있다.
동銅으로 돼 있는 기존 동전에 금金을 입혀
환골탈태換骨奪胎하는 것이다.
5백 원끼리 열심히 협동, 단결하는 것이다.
21개가 모이면 1만 5백 원, 1만 원을 능가할 수 있다.

우리의 삶도 마찬가지다.
새로운 관점으로 '환골탈태'나
'협동 단결'을 시도한다면
'능가'하는 감격도 맛볼 수 있을 것이다.

위계질서

무계획無計劃' 위에 '계획計劃'이 있고,
'계획' 위에 '변수變數'가 있고,
'변수' 위에 '순리順理'가 있다.

'순리'는 '상생相生' 또는 '정도正道'라고도 한다.

부모님 1

엄마, 어머니, 아빠, 아버지…….

따로따로 부르면 눈물부터 나오려고 하므로,
감정을 다스리기 위해 뭉뚱그려 부르는 이름,
'부모님'.

부모님 2

부모님이란

나 자신보다 나를 더 사랑하는 분.

부모님 3

부모님에게 기쁨을 드리는 일.
어느 자리에 있든지,
그 자리에서 성실하게 생활하는 모습을
보여드리는 것.

또한 형제자매들과 우애하며 사는 것.
부모님께 이보다 더 큰 기쁨은 없다.

부모님 4

사진 인화를 맡길 때
선명하게 나온 사진 중 몇 장은
조금 더 큰 사이즈로 한 장씩 더 뽑아서
부모님 찾아뵐 때 꼭 드리길.

작은 일로 부모님께 커다란 기쁨을 드리는 센스다.
부모님께는 자녀와 손주의 모습을
두고두고 보는 것이 큰 기쁨이다.
따라서 어버이날이나 생신날 선물로
디지털카메라가
참 좋은 선물이 될 수 있다.

고인 추모 1

돌아가신 분들에 대해
추도예배나 제사 등의 의식도 필수적이지만
더 중요한 것은 그분들의 뜻을 기려
실천하는 것이다.
가령, 조상님들 기일에는 사랑 실천의 행위를 한다.
아이들에게 조그만 간식이나 선물을 준다든지
과일을 사서 양로원에 기증한다.

또한 조상님은 아니더라도
평소 사랑을 많이 주시던 분이 돌아가신 경우에는
기부 사이트에 몇만 원을 기부하고
추모 댓글을 단다.

고인 추모 2

후손의 마땅한 도리이지만
간과하기 쉬운 부분이 있다.
직계 가족이면서도
얼굴을 모르는 분들에 대한 추모다.
이런 분들에 대해선 그냥 넘어가기도 쉽기에
다이어리나 달력에 표시를 해두고
그 날짜에 맞추어 그분들을 마음속으로나마 기리면
한결 마음이 따뜻해진다.

따뜻한 말

특별한 목적이 아니라면 묵언보다는
쓸데 있는 말은 하고 정 떨어지는 말은
안 하는 것이 중요하다.
상대방에게 따뜻함을 주는 말은
얼마든지 많이 하는 게 좋다.
스스로 산타클로스라 생각하고
말의 선물 보따리에 칭찬, 인정, 격려를 가득 담아
마구 뿌려주는 것이다.
인터넷에서도 선플의 차원을 넘어
'따(뜻한)플'을 마구 해주자.

마음먹기

어떤 사람의 집 옆에 쇠를 생산하는 공장이 있었다.
밤마다 작업 소음에 숙면을 취할 수 없었던 그는
상담소에 찾아갔다.

상담사는
"당장 그 회사의 주식을 사십시오"라고 했다.
그날 밤부터는 그 시끄러운 소리가 들려야
'공장이 잘 돌아가는구나!'라고
안심하며 잘 수 있게 되었다.

단점=액땜

단점이 많고 게다가 그것들이 치명적이라면,
그것들은 불행과 위험한 사고를 막아주는
액땜이 될 수 있다.
나의 치명적인 약점으로 인해 사랑하는 가족이
두 다리 뻗고 잘 수 있을지도 모른다.

단점!
그것은 우리 가족의 불행을 막아주는
액땜일 수도 있다.

배우자 1

배우자는 화려한 결혼식 이벤트의 당첨자가 아니다.
평생을 함께할 동반자다.
닭 요리로 비유하면
배우자는 각종 재료가 번지르르한
'양념 치킨'이 아니고,
끓이고 끓여서 완전히 고아진 '닭백숙'이다.

배우자 2

어떤 배우자를 고를지 고민할 때의
결정적인 질문 하나.
향후 자신의 자녀에게 좋은 어머니는?
좋은 아버지는?

배우자 3

남자는 배우자를 고를 때 주로 외모를 보고,
여자는 능력을 보고 고르는 경향이 있다고 한다.
하지만 그런 조건으로는 결론이 날 수 없다.
결혼 생활은 인격체끼리의 공동생활이지,
조건과의 동행이 아니다.

배우자 4

'마음씀씀이'는 상대방을 고르는
'절대 우위 조건'이 되어야 한다.
자기밖에 모르는 이기적인 배우자가
가족을 위해 어떤 희생을 하겠는가?
결혼할 때는 정신을 바짝 차려야 한다.
무엇에 일시적으로 홀리듯이 결혼하면
일평생을 발등 찍으며 후회한다.

배우자 5

일단 배우자를 만나서 결혼했다면
화목하게 살아야 한다.
화목한 가정의 비법은 참으로 간단하다.
약점이 보이거나 잘못한 것이 있다면
모르는 척 넘어가주고,
조금이라도 잘한 것이 있다면
오버하면서 마구 칭찬해주는 것.
결혼 생활은 바다를 항해하는 것과 같다.
'타이타닉'처럼 거창하고 화려하게 출발했어도
좌초될 수 있고,
'뗏목'처럼 미약하게 출발했지만,
대양을 횡단하는 영광을 맛볼 수도 있는 것이다.

표현

아이들에게 받는 편지는
값비싼 선물보다 언제나 고맙다.

부모님의 생신이 다가온다면
가끔은 아이들 같은 마음으로 손편지를 준비해보자.
영화 〈러브 액추얼리〉에 나오는
크리스마스이브의 사랑 고백 장면처럼
직접 그린 그림과 직접 쓴 글을
휴대폰으로 찍어서 보내본다.
어린 시절 부모님께 마음을 다해
사랑을 표현하던 때가 떠올라
부모님과 자신에게 더욱 행복한 선물이 될 것이다.

타임머신 여행

예상치 못한 휴가나 휴일이 생겼다면
타임머신 여행을 해본다.
자신이 졸업한 초등학교부터
대학교까지를 방문해보는 것이다.
그 시절로 돌아가서 마치 그곳의 주인공인 것처럼
운동장도 걸어보고
친구와 함께했던 시간도 떠올려본다.

말하지 않아도 엄청나게 밀려오는 감동과 더불어
앞으로 인생을 사는 데 필요한 에너지와
목표의 배터리가 가득 충전될 것이다.

마음가짐

개구리 한 마리가 뱀에게 잡혔다.
잡아먹히기 직전의 개구리는
뒷다리와 배의 절반이 뱀의 입 속에 들어가 있었다.

눈만 끔벅거리는 것밖에
할 게 없는 개구리와 달리
나는 뭐라도 할 수 있는
입장이라는 것에 감사하자.

일상의 행복

자고 일어났더니 혓바늘이 돋아 있다.
먹고 마시는 것, 말하는 것조차 불편해졌다.

아무런 고통도 없는 평범한 일상은
무료한 것이 아니라
행복한 것이다!

하버드대학 행복학

1. 행복은 사회적 지위나
통장 잔고와는 아무 상관이 없다.
2. 질투, 미움도 또 하나의
인간적인 감정으로 인정하라.
3. 즐거움이 즐거움으로 끝나면 쾌락이 되지만,
의미가 더해지면 행복이 되는 것이다.
4. 단순하게 살아라.
5. 몸과 마음은 하나다.
6. 기회가 있을 때마다 감사하라.

전생

"너와 나는 전생에 인연이 있어서
이렇게 만났나 보다."
"전생에 내가 무슨 죄를 많이 저질러
이런 일을 겪나 몰라."

보이지도 않는 전생을 운운하며 한탄하지 말고
눈에 보이는 관계에 충실하고
눈앞에 닥친 상황에 충실하자.

혹시 아는가, 지금이 전생인지.
다음 생에 평탄하게 살려면
지금 잘 살아둬야 할지도.

공평

온 세상 사람이 친절하고 선행을 베푼다면
세상에서 모욕을 당하는 사람이
아무도 없을 것이다.

어떤 지위, 어떤 자리에 있든지 선행을 베풀어라.
내 부모님도, 내 자녀도
그것을 고스란히 받을 것이다.

지름길

아프지 않다는 것.
아침을 굶지 않은 것.
앞이 보인다는 것.
친구가 있다는 것.
머리카락이 아무 일 없이 잘 자라는 것.
무사히 집에 들어온 것.

그 모든 것에 만족하는 것이
행복으로 가는 지름길이자 유일한 길이다.

비빔밥

맛깔스러운 전주비빔밥을 먹다가도
어린 시절 집에서 만들어 먹던
소박한 비빔밥이 떠오르곤 한다.
큰 바가지에 밥을 많이 퍼 넣고
고추장과 콩나물만 얹어 주걱으로 비빈 후에
온 가족이 숟가락만 들고 정신없이 먹었던…….

풍성한 재료로 평범한 맛을 내는 비빔밥이 있고
고추장만으로도 기가 막힌 맛을 내는
비빔밥이 있다.

맛의 포인트가 재료보다는
'비법'과 '타이밍'(시장기)'에
달려 있기 때문이다.

인생도 마찬가지다.
재료와 환경 탓만 하면서 '비법'이나 '타이밍' 같은
본질은 놓치고 있는 것은 아닌지.

호칭

우리 반의 회장 아이가 와서
자랑하듯이 말을 한다.

"선생님! 우리 엄마는 아빠를
'남편'이라고 부르지 않고
'내 편'이라고 불러요."

등산길

등산을 하다 보면 알게 된다.
가장 편안한 길은 오르막도 아니고 내리막도 아닌
평평한 길이라는 것을.
인생에서도 마찬가지다.

겸손

슈바이처는 비행기를 타면 항상 3등석을 이용했다.

어느 날 기자가 물었다.
"선생님은 왜 항상 3등칸만 타십니까?"

"그야 4등칸이 없으니까 3등칸을 타지요."

9천 원

폐지를 줍는 할아버지가
리어카를 다 채웠다고 기뻐하셨다.

"할아버지, 그거 다 파시면 얼마나 버세요?"
"이 정도면 한 9천 원은 받을 거야.
경쟁자가 많아서 이 정도 모은 것도
운 좋은 거라고."

할아버지의 운 좋은 날이 왠지 슬프다.

여지 3

생선회를 뜨고 나서 뼈를 버리지 않으면
맛있는 매운탕을 끓여 먹을 수 있다.

무엇인가에 여지를 둔다면
어딘가에 필요한 경우도 생긴다.

속담

남녀노소 할 것 없이
'남의 떡이 커 보인다'라는 속담이
일상에서 실현되는 모습을 보노라면
우리는 마치 그 속담의
마법에 걸린 사람들 같다.

주인공

성탄절의 주인공:
성탄 카드, 성탄 트리, 산타클로스, 루돌프 사슴 코,
화이트 크리스마스가 아니라 '아기 예수님'이다.

부모님 생신이나 기일의 주인공:
자녀들, 손주들, 케이크, 유산,
형제자매들, 일가친척들이 아니라
'나를 낳아주시고 길러주신 바로 그분'이다.

인생 혁신의 주인공은 돈, 체면, 타인의 시선,
친구, 동료, 명품 브랜드가
아니라 바로 '나' 자신이다.

사랑의 실천

어떤 대상에게
기쁨과 따뜻함을 주는 모든 행위.

혐오

혐오는 혐오를 부르니,
함부로 타인을 혐오하지 말기를.

챔피언

악행에서 벗어나 선행을 실천하는 사람이
진정한 챔피언이다.
성서에도 '악에게 지지 말고
선으로 악을 이기라'고 나와 있다.

연인戀人

함께 있을 때
'시간이 그대로 멈추었으면'이라는 주문을
자꾸 되뇌게 하는 사람.

욕심

지나치게 '내 것'을 챙기지 말기를.
내 몸조차 내 것이 아니거늘
무엇에 그리 욕심을 내는 것인지…….

사노라면

인생을 살다 보면,
가끔은 '모르는 것이 약'일 경우가 있다.

그래서 나온 사자성어가 '알면 다쳐'다.

부등호 1

남 의식 〈 내 행복

〈 부등호 2

돈 쓰는 재미 〈 돈 모으는 재미

〈 기氣 모으는 재미

〈 덕德, 선善을 하늘에 쌓는 재미.

늪

결국 내려두고
가야 할 것(돈, 명예, 권력 등의 탐심)에
왜 이리 귀한 인생을 소모하는가?
지금이라도 얼른
그 '늪'에서 빠져나오자.

비움

진정한 비움은
세상에 아무 미련이 없는 것이다.
즉, '얽매이는 것이 없다'는 말이다.

수행

수행은 '진정한 나'를 찾아가는 여정이다.
번뇌하는 나는 '참나'가 아니다.

통증 완화 비법

바로 '딴생각'이다.
고통의 시간이 다가오면
유아기 시절부터 학창 시절, 청년기 시절의
추억 여행을 떠나보자.
생생하게 떠올릴수록 고통은 반감된다.

'간주'의 힘

지난 학교에서의 일이다.

추석 연휴를 하루 앞두고 학교 현관에 어떤 나이 지긋한 아주머니가 서성이고 있었다.

속으로, '외부인이나 잡상인은 학교 내에 함부로 들어오면 안 되는데, 어떻게 들어왔지?'라고 생각하면서 탐탁지 않은 눈길로 아주머니를 바라보았다.

화장실에서 용변을 해결하고 나오는데, 행정실에서 한 직원분이 나와서 아주머니 방향으로 다가갔다.

'그럼 그렇지! 학교 밖으로 나가라고 전할 모양이구나'라고 생각했다.

다른 곳을 바라보면서 귀는 쫑긋 세우고 행정실 직원분의 말을 기다리고 있는데, 전혀 예상 못 한 말이 들려왔다.

"(최고로 정중한 목소리로) 저, 사모님 잠깐만 기다리셔요. 교장 선생님께서 이제 곧 나오실 겁니다."

'엥? 사모님! 그러면 저분은 외부인이나 잡상인이 아니고 교장 선생님 사모님?!'

나도 모르게 갑자기 양손이 앞으로 모아지면서 공손한 태도가 되었다. 이윽고 교장 선생님이 현관으로 나오시자, 신발장에서 신발을 갈아 신고 차를 함께 타고 고향으로 출발하셨다. 고속도로의 명절 정체가 심하니 약간 일찍 한 차로 출발하기 위해 학교를 방문하셨던 것이다.

이 일 이후에 나만의 다짐이 생겼다. 학교에서 청소나 여러 힘든 일을 하시는 나이 지긋한 분들을 보면, '저분은 교장 선생님 사모님 못지않게 귀하고 소중한 누군가의 부모님이시다'라고 간주를 한다.

누군가를 깎아내린다고 자신이 올라간다고 생각하면 그것은 분명히 착각이다.

상대방을 높이 존중해야 자신의 인격도 올라가는 것이다.

꿈꾸던 삶이 아니라 답답할 때

대학 시절에 고향 교회의 청년회장 선거에 출마한 일이 있었다. 실력과 인격이 부족했든지, 비주얼이 형편없었든지 큰 표 차이로 떨어지고 말았다. 회장 선거는 낙선했지만, 내심 회계나 서기 등의 중책은 줄 것으로 기대했다.

하지만 교회에서는 '편집부장'이라는 일개 부장 직책을 주었다. 마음에 상처를 입었지만, 당장 회보를 정기적으로 발행해야 하므로 울며 겨자 먹기의 마음으로 직책을 수행했다.

지나고 보니 《길The Way》이라는 잡지 형태의 회보를 몇 번 만든 경험이 글을 쓰고 책을 내는 나에게 천금같이 소중한 자산이 되었다.

지난 2016년 리우올림픽 양궁 경기장에 입장하는 기보배 선수에게 기자가 물었다고 한다. "경기장에 바람이 심한데, 걱정이 안 되나요?" 기보배 선수는 "'바람도 내 편이다'라고 생각합니다"라고 답변했다고 한다.

원하지 않는 방향으로 바람이 불어도 배의 돛대를 전환하면 얼마든지 원하는 방향으로 전진할 수 있다.

단언컨대, 인생에서 지금보다 더 소중한 시기는 존재하지 않는다. 먼 훗날 반드시 이 시기를 그리워할 것이다.

아울러 '현실의 어려움'보다 더 좋은 수행법(인격 수양, 마음 단련 등)은 존재하지 않는다.

또한 계획대로 일이 안 풀려서 답답함이 밀려올수록 끊임없이 몸을 움직여줘야 한다. 우울증 환자의 공통점은 '몸을 움직이지 않는 것'이라는 글을 본 적이 있다. 집 안에서 맨손 체조와 스트레칭이라도 틈틈이 하면 한결 기분이 새로워질 것이다.

하나 더 덧붙이자면, 그리도 꿈꾸던 삶이 오지 않은 것은 그것이 '약'이 아니라 '독'이었기 때문이다.

'딴사람'으로 살기

지금까지의 삶이 만족스럽다면, 그대로 쭉 살아도 무방하다. 하지만 뭔가 허전함과 아쉬움이 있다면 '딴사람'으로 살아보기를 권한다.

이 나이에 '새사람'으로 살기에는 왠지 부담이 느껴진다. 그러나 자신의 마음과 습관을 약간만 고치면 누구나 '딴사람'으로 살아갈 수 있다.

먼저 '딴사람'은 '딴 세상'에서 살아가야 한다. 나는 비 오는 날에 비행기를 탄 경험이 있다. 비행기가 날아오르기 전에는 창문 너머로 세차게 빗줄기가 쏟아지지만, 어느 덧 구름 위로 비행기가 솟아오르면 금세 조용한 딴 세상과 마주하게 된다. 또한 영하 10도의 겨울에도 공항으로 가서 몇 시간만 비행기를 타고 동남아의 나라들을 방문하면 '반팔 셔츠와 반바지'의 딴 세상이 펼쳐진다.

보수와 진보, 세대 간 지역 간의 차이, 금수저와 흙수저로 이리 갈리고 저리 갈리는 지금의 각박한 세상을 아우르고 품어줄 수 있는 너그럽고 따뜻한 딴 세상의 사람이 되어야 한다.

둘째는, 하늘에서 자신에게 주어진 정명定命을 잘 완수하고 있는지 점검하는 것이 바로 딴사람의 실천 덕목이다. 지금은 자녀를 나라와 민족에 꼭 필요한 기둥과 같은 인물로 키우는 것이 목표일 것이다. 아이가 초등학교에 들어가 어느 정도 자투리 시간을 낼 수 있다면, 그동안 하늘과 조상으로부터 받은 은혜를 갚기 위해 작은 봉사를 아끼지 않는 인생을 살면 좋을 것 같다.

셋째는 '인명人命은 재천在天'이라는 생각을 가지고 죽음과 고난에 대해 너무 두려워하거나 일희일비하지 않는 것이다. 사는 날 동안에는 즐겁고 행복하게 살다가 운명의 날에 하늘과 조상님들께 돌아가리라는 여유를 가지는 것이 딴사람의 행동강령이다.